四 声

邹贤尧 —————— 著

中国书籍出版社
China Book Press

图书在版编目(CIP)数据

四声 / 邹贤尧著. —— 北京:中国书籍出版社,2021.5
ISBN 978-7-5068-8459-4

Ⅰ.①四…　Ⅱ.①邹…　Ⅲ.①诗集–中国–当代
Ⅳ.①I227

中国版本图书馆 CIP 数据核字(2021)第 075804 号

四声

邹贤尧著

责任编辑	成晓春
责任印制	孙马飞　马　芝
出版发行	中国书籍出版社
地　　址	北京市丰台区三路居路 97 号(邮编:100073)
电　　话	(010)52257143(总编室)(010)52257140(发行部)
电子邮箱	eo@chinabp.com.cn
经　　销	全国新华书店
印　　刷	成都兴怡包装装潢有限公司
开　　本	880 毫米×1230 毫米　1/32
字　　数	134 千字
印　　张	6.75
版　　次	2021 年 5 月第 1 版　2021 年 5 月第 1 次印刷
书　　号	ISBN 978-7-5068-8459-4
定　　价	48.00 元

目录

Contents

感悟录：四声

风景录：月亮

大拼盘：自画

S I
SHENG

日常录：乒乓

乒　乓

乒乒乓乓的声音
是美妙悦耳的乐音
录下来以后
可以做手机铃声

乒乓球在桌上
跳动如音符

通过乒乓球
我与体育建立联系
与陌生人建立联系
与球友联系紧密

球与拍联系后
有了摩擦的能量和力
人和球紧密联系

人让静物似的小球
变得活泼灵动
在桌上作缤纷的舞动
球让人跃动起来
突起的小腹平坦下来
松弛的皮肤拧紧起来

乒乓球在桌上
舞动如精灵

通过乒乓球
我与健康建立联系
与友谊建立联系
与生命热烈的舞蹈
建立频繁的联系

口　琴

假装会一门乐器
好歹从自己的手和口中
流出一些旋律
凑合着与音乐
建立了某种联系

手指不修长
抚弄不了钢琴
肺活量也有限
与萨克斯管无缘
也许是小时候
家里条件不够

但即使是再粗糙的身体
也不能与音乐断了联系
哪怕是噘起嘴巴

简单吹个口哨
也算是给生命的交响
增添了一点韵律

拖　地

给拖把一些水分
给手臂上运一些力
给长时间坐着的身体
一个活动的间隙

给污垢一个去处
给地板换一件衣
给裸足一块自由
来回走动的地

给拖地一点技术含量
给家务一些新意
食盐香皂淘米水
都可拿来去污渍

拖把是一支毛笔

在地板上写字
有流动的气韵

请家人欣赏
我的书法作品

洗　碗

冲洗干净后直接晾干
在流动的水里冲洗
在洗洁精溶解后的水中清洗
将洗洁精像挤牙膏一样地
挤到盆子里

像刷牙一样
洗碗有洗碗的程序

不将洗洁精直接喷到碗筷上
不在盆里静止的水中冲洗
不用抹布去擦干
不让抹布细菌二次污染

老婆做饭我洗碗
家务活学会分担

厨房并非专属女性的性别空间
家庭内部的空间分配上
不再体现专制男权

像刷牙一样
让齿间留驻芳香
慢工出细活的洗碗
有其程序和规则的洗碗
让饭菜散发芬芳
让日常生活散发芬芳

细节：窗帘

窗帘一如舞台帷幕
拉开之后面对观众
是前台，是演出
合上以后
是后台，是幕后

户外的阳光
以及月光
以及星光灯光

电线上以及
窗台上的鸟

小区的人声
以及远处近处的车声

他们都是观众
窗帘将他们隔开
我藏身窗帘后面
演一出独角戏

无人观看
我自沉溺

细节：书桌

我跟书桌的联系

应该多过餐桌

肯定多过会议桌和牌桌

我固然每天都离不开餐桌

偶尔联络会议桌

以及牌桌

书桌却是我的宿命

即使不打开电脑

不翻开一本书

不摊开笔和纸

单纯在书桌边坐坐

就很踏实

书桌就像练习题里的一个空

等待我去填充
椅子常年摆出一种
待我去落座的弧度和姿势

书桌是我的一个老友
那么忠实可靠
我似乎得做点什么
写出点什么
作为回报

聊　天

聊聊天气
天边一朵云
以气象预报为准

你说那时阳光灿烂
你说那谁腾云下凡
你说那啥风景独览

你说那边乱云飞渡
你说那里暴雪如注
你说那啥阴雨不断

相近的两个日子
你推开前一天
拥抱后一天
相同的某个日子

我感受到可怖阴霾
你看到祥云滚翻

谈谈风月吧
感官的王国
赤裸的午餐

周末寝室的争论

在二十余平方米的男生宿舍我们海阔天空

在一张蚊帐隔开的小小王国我们天南海北

一如雀窝里蛋被打破　下蛋的母鸡被赶出鸡窝　动物园栅栏拆散　托儿所无人照看　跳舞场突然灯灭　音响室开关失调　小乐队指挥乱套

这是贝多芬第八交响曲：他拍掌当伴奏　咳嗽帮他呐喊　吐唾沫为他助威　床的咯吱是他的啦啦队

薄薄的帐子有如新娘的面纱　"面纱"里的"新娘"从脸红到耳根　不是娇羞模样　是因为争嚷　还放肆地撩开面纱　拿眼睛张望

间或喧嚣戛然而止　奇迹般地来一片沉寂　一切都睡在无声的光里

突然，晴好的六月天降一阵暴雨　静夜里鸣响车笛　奇怪的沉寂过后爆发掀动屋顶的语声

争论的导火索又被点燃　而论题恰是：今晚争论的导火索是什么？

来　访

这么多日子
没有女郎光顾我们的寝室

是不是怕
床铺的凌乱弄皱她们笔挺的衣装
地上的尘渍染污她们闪亮的高跟
或者
是担心墙角水桶里脏衣服的气味
瓦解其脸上的珍珠霜

还是因为
那一次突然来访
一进门就参观到一阵慌张
急急地扯扯床沿的垫单
慌慌地将手中的圆镜拾藏

或是因为
有那么一次
响起"哐哐"的敲门声
以为又是谁在恶作剧的我们
声音高八度地:请进!
门没有开,只是又响起两声"哐哐"
门里是谁喊一声:滚进来
轻轻地,门开了
飘进一丝风也带来一片尴尬

还会不会是
这些少女们都有了着落
因此就将我们冷落

拜访春天

三月的无雨的日子
春天很大方地接待了六个诗人和一辆自行车
长江像一只上足了发条的手表
岸上的山冷漠成巨型石雕
黄波浪主动给车让路
春天把江北装饰得怎么样了

六个人和偷袭堤岸的波涛一起
打破了江堤树林围成的寂静
他们想用浪漫和狂热的偏激
打击一下这季节不冷不热的平和
人字形在草地上
看雁子在上面规矩着人字形
像一把剪刀剪着天空

有个女诗人的鞋跟掉了

是在跟春江特写的时候掉的
是在跟那堵突出来切割水面的山崖近景的时候掉的
于是她索性用踝足去爱抚春天的大地
另一位女诗人走向一头吃草的牛
沿江堤回忆起牧童

夜晚不应该让星月和街灯垄断
六个诗人想分享春夜于是上山去摘那明月
一小队工兵打探地雷
一支小分队夜袭山寨
一群足球队员在用头顶那月亮
远处警觉的狗在狂吠
吠我们这些偷走了山花和月色的人
失眠的公鸡也耐不住寂寞

春天如果不走出户外
那春光岂不是白好了

S I

SHENG

行走记：敦煌

平　遥

两个人的古城
从遥远的周朝迤逦而来
城墙四四方方
平平整整
绵绵延延

将古城圈起来
将时间挡在墙外
将浮华推开
仿佛还停留在明清
仿佛一个桃源存于世外

许多人从遥远的地方赶来
住古朴的民宿
睡新鲜的土炕
食丰富的小吃

仿佛影视里的穿越
进入明清的街巷

其实古城每天都在上演
穿越的戏码
时间不是在此停滞
而是各种时空被它容纳

古人和今人
中人和洋人
爱人和友人
两个人的古城

冬季到青海来看湖

冬季到青海来看湖
水波不兴鸟儿遁形
白茫茫一片真干净

颜色只剩一种白色
声音只剩呼呼的风声
游客只我一人
连工作人员都跟鸟儿
一样不见踪影
我长驱直入
一个人享用青海湖

湖水只剩一种形态
冻成厚厚的冰
或者因为寒冷和孤独
伤心地裂开

冬季的青海湖
浩瀚是一样的浩瀚
偌大的滑冰场
有别样的壮观

我打开流量
询问"度娘"
说是三月中旬
气温有所回升
冰盖轰然破裂
湖面出现浮冰

像天雷坠入湖心
咆哮着滚过
扯出一道道闪电
撕开一片片云层

大风吹过
将浮冰塑造成冰山
壮美地漂移至湖岸
像一艘巨大的水晶船

现在是一月
我独坐湖滨
等待三月的君临

敦 煌

一年中最冷的冬季
一天中最冷的凌晨
火车站零星出来一两个人
"敦煌站"三个字
似乎都结着冰

莫高窟的壁画和泥塑
仿佛也怕冷
像是瑟瑟地缩着身
那么多那么多的佛龛
像是聚一起相互取暖

然而飞天的姿势依然飘逸
向着高高的
深不可测的穹顶
向着无数的花纹和雕刻

无数的佛像
汇聚而去的穹顶
向着穹顶外的星空
无声地翩然飞升

而鸣沙山是喧响的
有着炫目的金色
有着缤纷的弧线的
广袤的沙
是巨大的琴键
摆放在天地之间
人的身体敲击
骆驼的脚叩击
奏出世间大美的音律

骆驼上的两个人
是寒冷的清晨
火车站出来的两人

西部影城

在合适的季节抵达
合适的影城
西北风呼啸的西部影城

冬季荒芜的贺兰山
影城古朴寂寞的城门
寒风萧瑟，寥无游人

影城如此荒凉
为何令我兴奋

《大话西游》《牧马人》
《东邪西毒》《新龙门客栈》
《乔家大院》《红高粱》
《一个和八个》《黄河绝恋》

戈壁荒滩上崛起的影城
古堡废墟上走出去的影视经典

《大话》里"夕阳武士"的精彩桥段
不过是在黄土垒成的城墙两端
《红高粱》里令人惊艳的月亮门
不过是由黄泥糊成
小小的几个斜坡和台阶
局促地往上延伸

影城如此荒凉
为何令我愉悦

古朴粗犷
原始苍凉
冬季游人稀少的季节
景点和气候都彰显荒凉美学

银　滩

北海的银滩
跟北海一样浩瀚

北海的海水很蓝
像蓝天跌落下来
银滩皎洁晶莹
如经年的月色沉淀
堆积
铺成

穿泳衣的女子
像美人鱼一样上岸
晾在软软的沙滩
与银滩一样晃眼

然而终归是要

进到水里才能

呼吸

游弋

宜　昌

宜昌是一个大码头
从这里出发
向多处抵达
可以去清江画廊
可以游三峡大坝
下船去拜谒屈子
上岸去凭吊昭君

清江的水真清
可以掬手直饮
可以将五脏六腑
淘洗一新

清江的画面高清
湛蓝的天一帧
青葱的山一帧

是叠印在翡翠般的
水里的同一帧
鱼儿在枝头游弋
鸟儿在水底栖息
我的手
栖息在你的手心里

宜昌是一艘大船
停靠在长江沿岸
它停泊时风情万种
它启动时气象万千

小镇：长乐

四面环山
像是给小镇安上围栏
或是屏风
护卫着装点着
这个名叫长乐的小镇

几乎在任何一个位置
都能撞见青山
在老街狭长的胡同
新街开阔的街道尽头
在楼群的上方或缝隙
午睡醒来的窗口

楼顶是最佳视点
在错落的屋顶
灰的红的瓦片之上

四围的山汇入眼眸
满目葱翠
像 360 度长镜头
在秋日艳阳下
连绵闪烁如麦浪
如海浪

又如层层叠叠的云
起伏迷蒙于雾霭
与天上的云相接
秋山共长天一色

小镇：东安

有些荒滩发育良好
长出摩天大楼
现代化的街道
长成知名的都市
或至少繁华热闹

这里也曾是荒滩
依托于地下的石油成长
最终却只是一个小镇
地图上找不见踪影
网络上搜不到名字
默然地寥落地
置于北方干涸的原野
像大多数人的命运

小镇的意义是有限的

相对于特定的人
某个故事某段情节
某些附着在
小镇道路和花草上的
记忆和细节

黄石的磁湖

它有伸展开去的气度
你所知道的城中湖
它的面积排名前五
大出西湖很多
更远大于玄武湖莫愁湖
大明湖瘦西湖
它作为湖
显示某种海的风度
仿佛在城市中心铺开
一块巨幅绿布

光是大气就够吗

它还有起伏跌宕的弧度
被群山环抱
也将山环绕
在山与水的错落间

勾出丰富的层次和曲线
湖心的鲇鱼墩和澄月岛
仿佛是湖上长出来的两座小山
形成"万顷湖泊一点山"

光是秀丽就够吗

它还有文化积淀的厚度
到过西湖的苏子
同样来过磁湖
与同是八大家的弟弟苏辙
泛舟湖上吟咏唱和
湖底沉淀着远古的磁石
湖上荡漾着遥远的传说

光有底蕴就够吗

它的名气远不如西湖
也不如玄武湖莫愁湖
大明湖瘦西湖

一定要名满天下吗

呈一片美景于斯
养一方水土于斯
也自风流绮丽

地　名

明明在南方以南
却叫北海
明明在西北偏北
却曰南山

明明是大海
却名北戴河
明明是一条湖
却唤作洱海

明明冬季漫长
却称长春
明明在温暖的亚热带
却起名冷江

名字里都有相对论

命名的过程

是人对大自然的确认

注：“南山”是指青海省的南山。“冷江”在湖南省南部

S I
SHENG

追思录：姐姐

姐　姐

高铁以三百五千米的时速疾驰
像一支飞翔的箭
射向悲伤的中心
窗外灰蒙蒙的景色
忽闪着后撤
像闪过你黯淡的一生
我在赶去与你告别的旅途
听闻你突然离去的音讯
高铁像一支悲伤的箭
摇摇晃晃失去重心

哭泣绵长

母亲在前面耳房里哭
哭声从夜里响到天亮
我在哭声中迷迷糊糊睡去
又在哭声中迷糊醒来
母亲的哭声响了三个晚上
她的哭嫁拉开了序曲
第四天的下午姐姐出嫁
"远嫁"十多里以外的彭家台

迎亲的队伍在土路上颠簸
仿佛姐姐后来的命运
喜庆的鞭炮和锣鼓齐鸣
夹杂嘹亮的不谐和音
那是七岁的小屁孩我
跌跌撞撞走在队伍中间
扯着嗓子哭得难听

从四号村哭到彭家台
从姐的娘家哭到她婆家
浓厚的鼻涕混合着泪花
姐要嫁到"遥远"的地方
幼小的我扯开了哭腔
揭开了姐姐不幸的篇章

姐不过是得了肾结石
然而医生说已经长到骨头里
一次手术不能解决问题
不然会有生命之虑
于是手术做不彻底
姐姐的腰间开了个大洞
常年汩汩地往外流脓

年轻的她佝偻成老妇人
从家里到门前茅厕要走很久的时辰
仿佛一只断了桅杆的破船
在汪洋中飘摇而且沉沦
躺着或半躺着是她惯常的姿势
这姿势维持了许多个年份

样子看上去凶凶的姐夫
把生了俩儿子的姐视为功臣

一个人包了全部的农活
又四处问药求医
常常去田里捉来活泼的黄鳝
给病快快的姐姐养身

姐的身体依然佝偻
脸上却渐渐有了红润
终于变得通透和敞亮
姐的身板直了起来
腰间的脓不再流淌
新房树起儿孙满堂
然而姐夫患癌症离世

在儿子儿媳出外打工
孙子孙女外出上学后
姐一个人住偏僻的屋子
三面寥无人烟
其中一面还是阴森森的公墓
姐姐置身于黑夜的孤岛
不知是已习惯
还是无奈只能将就

然后她查出患了直肠癌
与并未全好的肾结石叠加
医生说手术危险做不来

然后她的白天失去了餐饮
然后她的夜晚失去了睡眠
疼痛让她失去了站立的姿势
然后她瘦成一根枯柴

当丧夫们将棺木抬起
当子孙们披麻戴孝
当哀乐响起
当送葬的队伍走上村路
我积蓄的眼泪汹涌而出
洒在姐姐离去的道路

母亲在旁边老屋里哭
哭声从老屋响到新屋
经不住亲友一遍遍劝说
母亲一时不见踪影
接着在前面的猪屋
接着在后面的树林
响起呜呜咽咽的哭声
母亲将她绵绵长长的哭泣
像种子一样撒满
姐姐曾经走过的土地

母亲的记忆

老年痴呆的老母亲

记不得吃过饭没有

记不得刚刚家里来了谁

记不得刚刚有没有来人

记不得昨天的天气

前天的大暴雨

记不得大前天她在哪里

记不得她啥时来的姐姐家

记不得姐姐走了有几天

记不得姐姐染的什么病

记不得姐姐走时的年龄

她一遍又一遍地问

像滴滴答答

追赶分针的秒针

记不得她夜夜抱着姐姐的病腿

努力哄着姐姐入睡
记不得她苍老的哭声
和着姐姐病痛的呻吟
记不得早上的闷中午的热
记不得傍晚指给她看的
火烧云的颜色

她只是牢牢地记得
姐——她的大女儿从此不见
她只是一遍又一遍地问
像滴滴答答的秒针
不住地抽泣着喃喃自语
她为么事要先我而去

疗　伤

一个人从大地上的离去
是另一个人天空的坍塌
姐姐埋进地底
母亲沉于悲伤

门前老树犹在
风吹过去再吹过来
姐姐不再走去走来

母亲的眼泪像洪水决堤
母亲的哭泣如淅淅沥沥的梅雨
母亲的念叨似祥林嫂的絮语

得阻止她被悲伤击垮
得阻止她的老年痴呆激化

搬她爱打的麻将
像坍塌的废城墙
提不起她的兴致
放她爱听的花鼓戏
在她的四周徘徊
走不进她的耳朵里

邻居来聊家长里短
乡村八卦闪烁迷离
一度转移她的注意力
亦如彩虹转瞬即逝
母亲脸上复又阴云堆积

带她去户外散步
带她去小镇看广场舞

最前排穿红衣服的妇女
像只火凤凰翩翩起舞
她的丈夫得了脑梗
然后萎缩成植物人
然后蜷缩在轮椅里
她在丈夫的病榻旁起舞
她在丈夫的轮椅前起舞
她愣是在暗黑的生活里
编织进歌舞与飞翔的因素

人生也无非就是

生和死两件大事

回　响

信基督的　祷告
信菩萨的　烧香
相信未来的
眺望远方

晒旅游的　秀丽
晒美食的　芬芳
关心时事的
激动或者忧伤

跳街舞的　酷炫
跳广场舞的　欢畅
静静看舞的
目视前方

都是某种困境的突围

都是情绪的释放
都是在疗伤
都是在寻求一种
支撑的力量

愿逝者走得无憾
愿生者活得敞亮
愿呼喊都有回响

去　年

去年姐姐还在
母亲也还没老年痴呆
我随兴去汉皋会同学
去长沙出差

霓虹闪烁的夜长沙
墙后头数枝野菊花

去年姐姐还能下地干活
母亲频频坐上麻将桌
遥远地方的谈判席上
一张一弛犹自切磋

汉皋波涌的大江水
卷走多少迤逦的美

就当姐姐出远门了

母亲的记忆出了问题
这是好事
她已经忘了姐姐的离世
问我姐姐去了哪里

就当姐姐出远门了

我回她说姐姐出了远门
去北方给人带娃看门
路途遥远风雨兼程
她一遍又一遍地问
我一遍又一遍地蒙

就当姐姐出远门了

母亲进入我的语言圈套

相信大女儿还在世上奔跑
顺着这思路和逻辑
或说是语言的惯性
问我姐姐在北方适不适应
过得好不好

就当姐姐出远门了

也许母亲并不糊涂
也许是她反过来给我设置圈套
她甘愿姐姐还在人世操劳
比已经不在人世要好

父亲离家已经十二年

父亲离家已经十二年

不曾回来

他一定是路上遭遇了风暴

被耽搁在某个荒凉的小岛

或许他经历了什么

由此失忆

记不起回家的路线

记不起过往的点点滴滴

或许他在某个地方住下来

重新成了一个家

生儿育女

有个兄弟长得和我像极

十二年前

父亲最后一次出远门

从此一去不再回来

我在梦里
在梦里一次又一次地看见他
行动矫健
红光满面

SI
SHENG

情爱录：如果

如　果

如果那个阴郁的午后
我没有走进街边面馆
如果走进却不在那个空位坐下
如果坐下却不坐你对面
如果面对你却并不看你一眼

如果看那一眼却没有夜不成眠
如果夜不能寐却没有接下来
在校园的各处制造"碰面"
如果碰面后没有更加夜不成眠

如果不曾走近
如果走近又不曾离远

如果没有这许多如果
你会有不一样的生活

也　许

也许一个别离
便如伸向高空的大山
横亘
一辈子都无法翻越
也许一声再见
要渡过亿万光年
才听到回声

一次人潮的拥挤
我就在茫茫人海中
再也探索不到你的手
一个路口的分手
我就在漫漫旅途上
再也寻觅不到
你的双眸

既然我们是一对铁轨

为什么要相交撞出

一起美丽的事故

既然我们是南极和北极

为什么要重叠

造成惊天动地的错位

致　Y

我追求你，像
大山想接触天空
波浪想走上高岗
正午想逼近子夜
切线想通过圆心
吗

我和你，是
一对铁轨
两条平行线
棋盘里的黑象和红象
南极和北极
吗

邂 逅

贪婪把眼睛张得大大
让顾忌见鬼去吧
笑
你要笑一笑
我瞳孔里的焦距已经调好

别转过头去
你就不能慷慨一点

那么
我慷慨着呢
阅读我脸上的言情小说吧
免费阅读
还不好么

雨　夜

没有血色的女人的脸
是这四壁和天花板
框住一屋子的灯光
连同
一屋子的寂寥

冷雨敲窗
打湿了桌边的一抹光线
和半纸思念

一屋子的胡思乱想涨破墙壁
雨夜封锁了邮箱
秋叶又落多少

把一线灯光关进抽屉
却关不住一片纸

此　刻

此刻
远方的你
是在敲击电脑键盘
如同敲打一个个音符
是在翻阅卷宗
如翻看一页页乐谱

或是
哼唱着悠扬的小调
响彻在整个楼道
在同事的耳边萦绕
还是与家人围坐在桌前
为温馨所环绕
打着亲情的扑克
搓着伦理的麻将
抑或在舞台或是广场

舞动灵巧的身子
跳出曼妙的舞姿
荡漾身体的旋律

那固然是我的故乡
固然在扩土开疆
但在我的眼里
它的版块就是那么一条
临河的街，一间
临河的房
河水淙淙流淌
拍打着、撞击着河床
岸柳轻拂，水草激荡
一圈一圈涟漪荡漾

致 j

仿佛见过
仿佛很熟
莫名闪过一个念头
会有故事发生在后头

多年以后
共一个枕头
我的胳膊
也常常被你当成枕头

有缘有份
有尾有头
下辈子就不说了
这辈子与你共白头

S I
SHENG

生活录：拾荒

乡村广场舞

假装是一个广场
其实是刘婶屋前的小块空地
村里留守的妇女
夜夜来广场相聚

嘭嚓嚓，嘭嚓嚓
在刘婶的带动下
跳起了乡村广场舞

在麻将桌前忙碌的身体
来广场上跳舞
低头驼背
伤眼伤神
不如跳舞　动动筋骨

在空房间独处的身体

在病榻上辗转的身体
来广场上跳舞
或者看舞
孤独难捱
绝症困苦
不如跳舞　　不如看舞

歌舞是一种娱乐一种美学
是一种治疗一种救赎

小区清洁工

小区的清洁工
穿蓝蓝的牛仔裤
将她的大长腿突出
额上还支副墨镜
像泳女在海边晒太阳
像时尚的封面女郎

清洁工本来可以
打扮得这样清爽
她打扫很勤
经常见她的身影
在炎热的大中午
在清晨和黄昏

她像收拾她的形象一样地
收拾小区

她像装点小区一样地
妆点自己

修 车

工商银行的斜对面
常年坐着一对夫妻
男的修车，女的补鞋
外加修伞配钥匙

他们在窄窄的过道里
在过道前窄窄的屋檐下
像是过道的延伸
像屋檐下固定的石凳

二人来自安徽农村
门卫室旁边的窄过道
是他们租的小小门面
左边一个面包房
右边一个小杂货店

杂货店搬走扩大经营
面包房消失不见
马路改造变得宽阔
工商银行装修了几轮
漂亮的女职员换了几拨

那对夫妻依然坐在那
修车补鞋配钥匙
两个人总是有笑有说
总是憨厚微笑的样子
补个鞋钉一块两块
车子打气分文不取

拾　荒

佝偻的身体
弯成一只虾米
在垃圾桶旁
趔趄
徜徉

两手伸进"可回收"的箱子
甚至"不可回收"里
探索
打捞

瞅见硬纸箱
就像看见宝藏
两眼放光
将它们像叠衣服一样
叠好

打包

饮料瓶在脚下
发出动听的脆响
被踩瘪了的瓶瓶罐罐
比饱满时更顺眼
好看

离开时将泄露在外的
剩菜果皮
扔进桶里
将周围收拾一新
扛了战利品
临去时回眸
一笑

成长记：逻辑

出　现

你的出现
左右一切视线

QQ 微信电脑桌面
所有的昵称都是
你的小名
所有的头像都是
你的照片

久违的日记
找回密码的博客
新开的微信
所有的媒介都记录
你的妙语趣闻

手机相机 DVD

所有的镜头都摄下
你成长的印痕

你璀璨所有的夜晚
你明媚所有的早晨
你带来的乐趣
超过所有喜剧
有你的幸福超过
所有幸福的累积

开　始

开始积累并使用词语
开始流利地表达
常常有错误而神奇的
新词生造和配搭

开始发现和培养兴趣
从电子琴到舞蹈
从手工到绘画

开始旅行
追随爸妈的足迹
路途延伸，视野开发

开始友谊
谁谁是好朋友
一起上学一起玩耍

开始有性别确认
喜欢穿裙子，喜欢留长发
喜欢圈出女孩子的领地
排斥男性，即使是爸爸

逻 辑

我拿来奶瓶
你就吧嗒吧嗒小嘴
还摇晃着拿起瓶袋

当你拨弄电源开关
知道它与电灯相关
按一下就抬头看灯泡

当你玩弄鼠标
知道它与电脑关联
按下鼠标就看下电脑

如同你拿起遥控器
就对着电视可劲地按

你还不大会说话

你还处在"镜像期"
但已落入符号体系

你已经知道
一定的能指符号
对应怎样的所指

你甚至清楚
将一些符号纵向聚合
以及横向重组

游戏 1

爸爸给哈哈讲故事：
哈哈去上幼儿园
路上遇到小白兔
小白兔叫住哈哈：
你给我唱首歌吧

正听故事的哈哈一亮嗓
奶声奶气地尖声唱：
小白兔，白又白
两只耳朵竖起来……

爸爸继续讲故事：
哈哈继续往前走
路上遇到小毛驴
小毛驴叫住哈哈：
你给我唱首歌吧

正听故事的哈哈开口唱：
我有一头小毛驴
我从来也不骑……

爸爸继续讲故事：
哈哈继续往前走
路上遇到小鸭鸭
小鸭鸭重复小毛驴的话
哈哈唱门前大桥下
游过一群鸭……

爸爸继续继续讲故事：
哈哈继续继续往前走
路上遇到小苹果大萝卜
小老鼠粉刷匠
两只老虎一条狗……

哈哈于是接连地唱：
《小苹果》《拔萝卜》
《小老鼠上灯台》
《我是一个粉刷匠》
《两只老虎》
《一只花狗，蹲在大门口》……

游戏 2

幼儿园的游戏
迅速在家里复制

哈哈是香蕉   妈妈是苹果
香蕉蹲香蕉蹲
香蕉蹲完苹果蹲

好，妈妈是苹果
苹果蹲苹果蹲
爸爸撇嘴发个声：
幼稚

妈妈问哈哈：
爸爸是什么蹲

哈哈来一句：
爸爸是柚子蹲

语录 1

你骑坐爸爸头上
给爸爸增加海拔
妈妈问：哈妹你舒服吗
你答
要有个靠背就好啦

接你从幼儿园回来
对面一女的走过来
你说，这人几年前我见过
哈妹
请问你今年几岁

下楼时碰到熟人
说笑着慢下脚步
挡住后面人的去路
哈妈说快走堵车了

你说这应该叫"堵人"

给跳跳表哥打电话
听说他要回爷爷家
你沉下脸：我没有爷爷了
跳跳你能不能把你爷爷
借我用一下

吃饭时电视里播起了动画片
你吃着吃着就走了眼
你说：以后我长大
也生了宝宝，是不是
要把动画片让给他看呀

你用雪花片扎出一朵花
笑盈盈走向哈妈：
你结婚时我没给你送花
今天补上
你喜欢吗

语录 2

你还没有哭彻底
妈妈过来问你
是哪个小朋友在哭啊
你在自己哭泣的尾声里
哽咽着回一句：
是我的小朋友在哭啊

"小朋友"的梗继续：
妈妈带你去大学食堂
遭遇刚下课的大哥哥姐姐
你瞪大眼睛一脸惊讶：
好多小朋友啊！

两个小朋友在聊天
大的说：我们小学种了石榴
小的说：我们幼儿园还有十五呢

这说"十五"的小小朋友
常常弄出这样的谐音：
慌慌地赶去上舞蹈课
为方便穿衣抱她上桌
于是出现如下对话：
"不是说不能坐桌上吗？"
"为赶时间，临时坐坐。"
"难道我是零食吗？"

S I

SHENG

光影录：片名

片名 1

工厂的大门
婴儿的午餐
一个明星的诞生

爱情的牙齿
樱桃的滋味
世界的每一个早晨

石榴的颜色
玫瑰的名字
阳光灿烂的日子

迁徙的鸟
雨中的树
落入凡间的音符

思春的森林
蝴蝶的翅膀
希望生长的地方

河上的爱情
秋天的童话
鲜花盛开的村庄

蜘蛛的策略
奇迹的苹果
词语的秘密生活

鹳鸟的踟蹰
开罗的紫玫瑰
南方车站的聚会

飞舞的太阳
燃烧的沙漠
西西里的美丽传说

远山的呼唤
放牛班的春天
看得见风景的房间

永恒的一日

不朽的时光
所有明亮的地方

快乐的知识
解放的影像
我们所有的力量

狗脸的岁月
光阴的故事
低度开发的记忆

伊万的童年
菊次郎的夏天
一个人的遭遇

肖圣克的救赎
辛德勒的名单
嫌疑人 X 的献身

图雅的婚事
罗丹的情人
维罗尼卡的双重生命

安娜的情欲
亲切的金子

八又二分之一的女人

费马的房间
周渔的火车
最后的清晰时刻

少年的你
后来的我们
十段生命的共振

偷自行车的人
不道德的审判
沿街叫卖的小贩

母亲的眼泪
父亲的遗愿
摇摇晃晃的人间

国王的演讲
意志的胜利
通往天堂的劳动阶级

无罪的罪人
无情的情人
一个死者对生者的访问

蔷薇的葬礼

裤裆里的蚂蚁

爱与黑暗的故事

愤怒的葡萄

疯狂的石头

没有航标的河流

伤心的奶水

盲目的向日葵

一个世纪的忏悔

无粮的土地

贫瘠的生活

被遗忘祖先的影子

无言的山丘

冰冷的阵雨

被爱情遗忘的角落

幸福的设计

温柔的杀戮

迷失的高速公路

湮没的青春

感性的旅程

精神濒于崩溃的女人

情感的宿命

飞逝的爱情

27 个遗失的吻

破碎的誓约

致命的邂逅

我心遗忘的节奏

美丽的折磨

光荣的愤怒

难以置信的怪物

肉体的承诺

野性的证明

没有面孔的眼睛

欲望的法则

哭泣的游戏

没有天空的都市

云上的日子

甜蜜的生活
资产阶级的审慎魅力

巴黎最后的探戈
百老汇上空的子弹
欲望的隐晦目的

沉默的羔羊
真实的谎言
穿过黑暗的镜子

生活的颤音
黑暗中的舞者
严密监视的火车

野蛮的入侵
无因的反抗
不该发生的故事

消失的罪证
错放的世界
光芒渐逝的年代

魔鬼的眼睛
暴力的种子

没有季节的小墟

堕落的偶像
诸神的黄昏
基督最后的诱惑

命运的捉弄
恐惧的代价
失去平衡的生活

事物的状态
生命的圆圈
谜一样的双眼

时间的灰烬
自由的魅影
地球最后的夜晚

片名 2

昨天
罗生门
烈日灼人

大路
一条安达鲁狗
妖夜荒踪

正午
呼喊与细雨
风柜来的人

狗镇
捆着我绑着我
爱比死更冷

眩晕
惊声尖叫
恐惧吞噬灵魂

后窗
天边一朵云
孩子在看着我们

站台
似是故人来
在世界中心呼唤爱

人生
盲打误撞
一半海水一半火焰

世界
暴雨将至
汪洋中的一条船

活着
完美风暴
一个都不能少

天堂电影院

—— 写在 7 月 20 号影院重开日

攥一张珍贵的车票
踏上回故乡的旅程
光影里久别重逢的亲人

像是会一个恋人
我们有多年的情分
擦拭相思的泪痕

你同样经历了疫情
遭遇太久的隔离
银幕上蒙着厚厚的灰尘

像从军归来的木兰
掸掉沙场上的烟尘
回到婀娜的女儿身

就当是一次长久的定格
就当是一个漂浮太远的空洞能指
就当是一次令人窒息的黑屏

像灵运行于水面
放映员的手指一掀
精彩的大戏重新上演

诗意的长镜炫目的快切
重又体验震撼视听的幻觉
大屏幕展开的各种类型情节

那座椅是一把龙椅
我像君王一样落座
环视我的影像帝国

等距离隔开的各处
许多个君王端坐
共享着同一个王国

我不要做什么君王
只要这黑暗的影院
永远闪烁斑斓的光

世间如果有天堂

那它应该是

电影院的模样

大师：大特

——致英格玛·伯格曼

只有一张脸
只有一双眼
只有一处肌肉的痉挛

只有一双大大的眼睛
将银幕撑满

近景退出去
中景退出去
远景退得更远

场景看不见
环境看不见
背景都消失不见

伯格曼的大特写

配以漫长的长镜头
镜头不切换
角度不切换
构图极简

大面积色块
大特写长镜
反常极致

冲击你的眼
冲击我的眼
冲击你我的内心

特写野草莓
特写处女泉
特写人物的假面
放大的细节
将整个银幕充满

存在之痛与思
人性之罪与罚
宗教之追问

上帝在哪里
亲情在哪里

细雨中尖锐的呼喊

注：本诗涉及伯格曼的电影有《野草莓》《处女泉》《假面》《呼喊与细雨》等。

大师：长镜

——致西奥·安哲罗普洛斯

在应该切换的地方就是不切换
在可以闪回的地方硬是不闪回
希腊的大导演西奥·安哲罗普洛斯

推开门，屋外边是已逝的爱人
抬起头，河的对岸是讲述中的百年前的诗人
走下火车，就走进了遥远的童年
乘上公车，进入一个浓缩百年希腊的梦幻空间

是这样缓慢游移中的时间流动
是这样具有穿透力的诗意长镜头
是这样高度象征化的时空

希腊的大导演安哲罗普洛斯
还创造性地使用 360 度长镜头
在持续旋转的圆圈中

简约的叙事里浓缩丰富的时空

是这样富于实验性开放性的镜头语言
是这样诗意的深邃的凝视
是这样智性的对时间的哲理之思

注：本诗涉及安氏的电影有《永恒与一日》《尤利西斯生命之旅》《流浪艺人》。

大师：张力

——致路易斯·布努埃尔

在醒与梦之间
在夜与昼之间
在良人与荡妇之间
在意识与无意识之间
在白昼美人的瘫痪丈夫
从轮椅上完好地
站起来的刹那间

在超现实与现实之间
自由的魅影闪现
一只火烈鸟走进卧室
一只山羊走进卧室
一个邮递员直接将自行车骑进来
将信件放到半夜的床前
在梦与仿梦之间

在超现实与现实之间
在餐厅与厕所之间
掉了个个
人们在厕所用餐
马桶在餐厅出现
家长带着孩子去警局报失踪
警察看着孩子填写外貌特征

在存在与虚无之间
在荒诞与意义之间

注：本诗涉及布努埃尔的电影有《白昼美人》《自由的魅影》。

大师：悬念

——致阿尔弗雷德·希区柯克

悬念大师希区柯克
一生只爱妻子一人
他却拍过五部电影
讲述丈夫谋害妻子

火车怪客后窗眩晕
电话谋杀案深闺疑云
这些片子里的丈夫们
都有一双深邃的眼

摔折了腿的摄影名记
窗户后边调好瞳孔的焦距
对楼跟妻子吵完架的推销商
暴雨中拖拽一只大皮箱

记者不再看到那妻子的影

只见推销商雕塑般的脸
他冷静地包裹着刀和锯条
一只狗在楼下花坛里刨

得了恐高症的警官
被同学雇为私家侦探
跟踪他患抑郁症的老婆
眼见她从高塔坠落

这警官不过是一粒棋子
这"妻子"不过长相相似
"她"事先早已被丈夫弄死
从塔上推下准备好的尸体

精心策划的"不在场证明"
在"电话谋杀案"里继续运行
凭借藏在门垫下的钥匙
杀手进屋隐身窗帘后面

像是等待上场的演员
男主人的电话是舞台提示
当杀手窜出来扑向女主人
丈夫聆听妻子被勒死的喘息

火车上的怪客更是奇葩

他竟然想到"交换谋杀"
他帮邻座杀掉正闹矛盾的妻子
让邻座去杀自己讨厌的爸爸

丈夫端来的牛奶可能下了毒
丈夫开的车可能走死路
丈夫的笑容里堆积着疑云
丈夫的脸上蒙着一层雾

一生厮守妻子的悬念大师
几乎没有绯闻的希区柯克
他的电影里一直运行着
"杀妻"的情节和情结

似乎得联系弗洛伊德
或者希氏想要传达的是
人性的幽暗存在的恐慌
日常生活最切近的威胁

希氏无非是在审视人性
无非是借了这样的话题
呼唤人性之光
对幽暗的照亮

想到某市失踪的那个妻子

熟睡后不再醒来的那个女人
想到"艺术源于生活"的理论
头上的星空内心的法则

　　注：本诗涉及希氏的电影有《后窗》《眩晕》《电话谋杀案》
《火车怪客》《深闺疑云》

类型：歌舞

唱着歌

或者跳着舞

或者且歌且舞

说出台词

或者发出行动

连打架都在跳舞

连捡垃圾都在跳舞

连监狱里都在跳舞

甚至火车轨道

审判台上

甚至走上刑场

都在高歌

起舞

歌舞作用于所有角色

坏蛋也有一副好歌喉
也会旋转出优美舞姿

就这样日常生活被审美化
审美被日常生活化
就这样在歌舞中
在富于形式美感的镜头中
在最唯美的类型样式中
超越或者想象性地
超越了贫穷
超越了苦难
以至超越了善恶和生死

但愿人生如戏
生活一如歌舞

　　注：本诗涉及的歌舞片有《西区故事》《高兴》《芝加哥》
《黑暗中的舞者》

类型：恐怖

晃动的短镜头的
快速剪辑
特写或者大特
将恐怖放大堆积
或者慢镜头长镜头
将惊悚延续

总是在某个无人的老宅
某个人迹罕至的荒岛
空间总是如此幽闭
总是在午夜
在午夜的出租车和电梯
时间总是这么诡异

总是在第十三层
或者十八层

房号 404 或 104

数字也总是这么禁忌

总是一个一个挣扎着逃离

又一个一个地死去

像编定好的程序

总是善良坚强的主人公

最终化险为夷

恐怖片是一种危机警示

是对人的非理性

科技的负面性

人性幽暗的

烛照与反思

在恐惧的刺激体验里

思考存在的意义

类型：爱情

两个相爱的人
要闯许多关
一方得了绝症
或双方家长为难
出现强大的第三者
或彼此误会连连

两个相爱的人
要翻越数重山
种族的，跨国的
阶级的，宗教的
疾病的，死亡的

爱情片就是
情感不断受阻
而又不断克服

最终走到一起
或者在水一方
相隔阴阳
将思念拉得绵长

愿天下有情人
终成眷属
愿婚姻断不是
爱情的坟墓
愿现实中的爱
像电影里演的一样
那么浪漫美好
有诗意和远方

类型：公路

漫长的低速
或者高速公路
展开一段旅程
一次逃离
一次叛逆
一次寻根
一次对往事的追溯

角色们借助汽车
摩托车
甚至马车
自行车
以至单独一个车轮

完成思绪的放飞
心灵的迁徙

情感的历程
一片落叶的归根

公路是此地向远方
此在向彼岸的延伸
路边店和加油站
是短暂的栖息
和能量的补充

而搭车人
是治愈式的伙伴
一路甘苦相依
相互疗救
相互治愈

S I
SHENG

阅读记：下降

欠　债

那些风景名胜
一直排在行程
却久久不曾抵达

那些经典名著
装饰性地陈列书架
蒙上了厚厚的灰尘

那些著名电影
费力想法收藏
却始终未及观赏

有一种深深的欠债感
欠名胜的
欠名著的
欠名片的

欠债总是要还的

该欣赏的尽早欣赏
该抵达的早点抵达

打开一本书

翻开你合上你
精准测量你的高度

阅读你探索你
透彻把握你的深度

一枚黑色枫叶书签
像是绘在书页之间
闪烁着惑人的魅力
枫叶后面
蕴藏文字无穷的奥秘

当人们习惯了电子阅读
我还是喜欢打开一本书
轻轻解开语言的纽扣
触摸书纸如同触摸肌肤

傻　瓜

——读艾萨克·巴·辛格《傻瓜吉姆佩尔》

文学和电影里

有许多著名的傻瓜

比如吉姆佩尔

邻人屠夫马贩子

甚至跟着他烤面包的徒弟

人人都欺负他

他的妻子艾尔卡

生了六个孩子

个个父亲都不是他

比如阿甘

他在电影里的常规动作是"跑"

逃避小学同学的捉弄

躲避中学同学的刁难

排解他深爱却不爱他的

珍妮离去的木然

然而阿甘跑成了橄榄球巨星
他在战场上奔跑救人
成为约翰逊总统接见的英雄
他还跑进中美建交的乒乓球馆

然而吉姆佩尔临终相信
将去的地方没有纷扰没有欺诈
在那里，即使是他
也不会受骗

耳　语

——读里尔克《严重的时刻》

我相信世界神秘的牵连
我相信存在别一个我

我想尝试的另一种生活
一定是有另一个我
代替我去过

我无缘喜欢的另一个人
一定是有别一个我
替我去张罗

就像至尊宝面临取经和恋爱的两难
面临唐僧和紫霞的两难
就会有一个替身夕阳武士
让他获得替代性想象性的偿还

我相信在每个静夜
每个沉思时刻
另一个我在对我凝视
另一个我在同我耳语
另一个我在向我走来

那些逝去的亲人
经常出现在我的梦里
我相信他们没有离去
他们依然和我保持牵连
他们只是以另一种方式
以梦的方式和我耳语

下　降

——读迪诺·布扎蒂的《七层楼》

别上布扎蒂的七层楼
就如同别去卡夫卡的流放地

朱塞佩·科尔特
一个身体只是微恙的人
被布扎蒂精心设置的恶化序列
从医院的七层忽悠到重症一层

科尔特只是常见的小病
住轻症患者待的七层
然而护士以及医生
以余留空房少的名义
以六楼便于治疗的名义
以病症更适合五楼的名义
以放疗设备搁在四楼的名义
以三楼医护人员全体度假的名义

以二楼根本就不需要所谓名义的名义

被从很快就可以出院的七楼移到六楼
从六楼下到"病症稍重者"的五楼
从五楼下到"卧病不起"的四楼
从四楼直接越过无人的三楼
下到接近于死亡的二楼
最后到达致命的一楼
百叶窗垂下来
科尔特从此不在

科尔特下楼的过程
是被某种力量不断下拽的过程
是他的人生境遇不断下降的过程
是一步步走向深渊的过程

兄　弟

卢米埃尔兄弟一倒腾
活动影像从指间流出
大千世界在一方银幕铺开
时空流转被光影雕塑

莱特兄弟用修自行车的积蓄
琢磨鼓捣出第一架飞机
人由此生出一双翅膀
上升到飞鸟和天空的高度

莱茵河畔的格林兄弟
到乡间去搜集民间故事
在森林里遇见白雪公主
在水潭边对话青蛙王子

苏氏兄弟跻身散文八大家

他们的笔尖盛开绚烂的花
曹氏兄弟栖身帝王家
七步诗转出权力的恶之花

周氏兄弟一起翻译域外小说
一起开启五四新文学
然后二人背过身去
是比《野草》更难解读的谜

博尔赫斯的小说《第三者》
兄弟俩爱上同一个女人
为了摆脱这困境
哥哥挥刀砍向那女人

S I
SHENG

人物志：张华

大　平

四年级时的劳动课
改到田野里现场进行
宋大平　宋大平
武汉来的美女知青

带领我们去摘棉花
她自己就是一朵花

天上的白云绽放
如眼前亮亮的棉花
眼前的棉花逡巡
如天上的朵朵白云

它们加起来
白不过宋大平

男生们都很乖
抢着帮宋老师摘
宋老师说声休息
一晃不见踪迹

一时尿急的我
误入棉花深处

两片白莹莹的花瓣
在草丛和棉秆间
幻景般闪现

戊 生

原来我不叫现在的名
原来我叫义兵
出生时老爸到门口放鞭炮
凑巧经过一队人
送村里那谁去当义务兵
爆竹于是一石二鸟
贺他光荣入伍
庆我有幸出生
我的名也就叫了义兵

刘戊生 刘戊生
我的初中班主任
他是给我命名的人

他教初中语文
给我们讲曹雪芹周树人

他一面教书还一面
种着责任田
那黑板也是他的地
那教室也是他的田
他播种他耕耘
我们像他的禾苗一样
长势喜人

他是给我启蒙的人
他是为我命名的人
我觉得他起的名
比那什么义兵好听
一直沿用到如今

明 达

一个自在的人
一个孤独的灵魂

个矮脸黑嘴巴大
他的大嘴巴擅长美声唱法
擅长率性地说话

他吃亏于自己的大嘴巴
返校后已是高龄
没有老婆没有职称

陈明达是我的大学老师
一直待中文系资料室
想写出《红楼梦》式的大作
常常去体验生活

每个暑假选择去一个学生家
大二时选择了我

一个孔乙己似的人
一个魏连殳式的孤独灵魂

他拿着一个小本本
追着村里的姑娘婆婆们问
老妈冲我撇撇嘴
什么大学老师么
你爸从来不跟姑娘们混

他每天早起晨练
快走慢跑练气功
隔壁小丹说你老师
天天在门前照镜子

每个夜里门口乘凉
明达老师引吭高唱
美声唱法响彻整个村庄
三叔说你这样唱
人家会当你神经病一样

一个自在自由的灵魂
一个尴尬孤独的人

暑假结束他记了密密麻麻
满满三个黑皮本子
全是家长里短庸常琐屑
和我坐绿皮车回黄石

似乎他并没有写出什么作品
职称依然是讲师
依然待中文系资料室
依然高歌他的美声唱法

有人给他介绍一个
离异的乡下女子
带着一个上小学的儿子
他供那孩子上初中高中
他不高的工资供不起那母子

那儿子还得念大学
那女子咬咬牙离开了他
陈明达　　陈明达
重病后一个人昏倒在家
在破旧的地板上艰难地爬

他没有写出传世之作
他似乎并没有写出什么作品

他似乎什么也没有留下
连同带走他的美声唱法

一个孔乙己似的孤独灵魂
一个看上去自在的人

虹 环

虹环住在海边

推开窗满山葱绿

海子诗句面朝大海

春暖花开

逻辑上似不成立

虹环的住所

为之诠释

虹环和她屋外边的

风景一样美丽

她的娴静雅致

以及大气

以及人格之独立

像空蒙的山色

像青山伫立

像盛开的浪花
像大海铺陈开去

那山里海底的宝藏
是真理的贝壳
自由的珍禽
是爱与美的潮汐
诗意的栖居

道新 1

那时你就钟情电影
像我钟情某位女生

我毫无悬念地被女生拒绝
你大四考上吴贻弓的研究生
面试时充满悬念
但最终被拒绝

你在上海大学暗自垂泪
我在女生面前
呜呜咽咽

我们都屡败屡战
我转去追下一个女生
你在毕业纪念册上写下
单位：中国艺术研究中心

事实上我们去了湖北
同一所高中

多年以后
你果真考进了艺术研究中心
成为中国第一个电影博士生
我也如愿以偿
追到一个像周海媚的人

我们是两个方向
励志的标本

道新 2

其实我也酷爱电影
只是不如道新专心
我一面和道新追电影
一面不耽误追女生
我是平行交叉蒙太奇
道新是长镜头的连续过程

我们吃咸菜馒头省下饭票
用饭票跟同学换钞票
用钞票买昂贵的电影票
看完《小街》《老井》《黄土地》
步行二十多里返回学校
在空镜头的大街哭而且笑

教当代文学的毕光明老师
叫我们两个学中文的大四学生

给大三的学弟学妹讲讲电影
我谈镜头运用。道新讲中国电影史
像是影片里的闪前或预叙
多年后他在北大治国产影史

我们去教同一所县城高中
住十来平米的同一间平房
蚊帐挨着蚊帐床抵着床
像银幕分割镜头同框
桌上作业本堆成小山模样
电影虚焦成模糊的影像

道新带动我复习考研
停电后的烛光下专心看书
烛火摇曳点燃墙上糊的报纸
火势在整堵墙上蔓延
烟火效果比电影里更真
移镜头随着火光上升

我们坐船去考双学位
大冬天的半夜在武汉上岸
住得起的酒店一律客满客满
只有把身体交给街头一根
两头透风的水泥管
镜头向旁边的高楼切换切换

我们先后抵达长安
读现当代文学研究生
住隔壁寝室
爱上同一个女孩子
时空跳切跳切到现在
光影绵长绵长的世界

张　华

一个人遇见一个人
是一种福分
当我遇见张华

有南京人的细腻
有西安人的大气
有在哪里都散发出来的
儒雅和帅气

张华是我的研究生导师
是我的学业导师
张老师更是
我的人生导师

有哲学的厚养
有文学的深功

有研究的缜密深入
有随笔的灵动
他的才华跟他的外貌
一样出众

他把我从南方小城提取出来
到西北的大长安加工
辛勤将我打磨
指望我在东部尽量闪烁

他改写了我的命运
塑造了我的人生
我无以回报
只有写下这样的诗文

一个人遇见一个人
是一种缘分

钟　烟

钟烟拿来一张照片
当着两个师兄的面
说要为我介绍女友
师兄朝我挤挤眼

钟烟你是什么意思
昨晚刚对我说"喜欢你"
一面说一面堵我嘴唇
疯狂得让我喘不过气

钟烟将照片搁我桌前
她脸上似乎泛着红晕
我不敢去看照片
我慌慌地瞥了一眼

很漂亮很清纯的样子

像年轻时的张柏芝
照片上是钟烟自己
她耍了个可爱的小小诡计

此处出现电影字幕
半个月之后

和一个朋友偶尔聊天
聊着聊着聊到钟烟
一抹红飞上他的脸
他说刚刚就在昨天
骑着单车驮着钟烟
夕阳西下护城河边

钟烟将一面圆镜凑他跟前
说是给他介绍女友
他匆匆往镜子里一瞅
镜中人正坐他身后

S I
SHENG

感悟录：四声

四　声

第一声定下悲哀的基调
瘸腿的马深陷泥淖
衣服中间撕开大口子
不吉利不顺遂的符号
曾经重叠的身影拉远距离
曾经闪烁的面孔溘然消逝
那些比明天先到的天灾
那些人造的无妄祸害
上苍，请赐我喜乐畅快

第二声在低沉的音区徘徊
厚重的霾盘踞覆盖
三只口撕咬山形的身躯
身体滑坡直至被掩埋
山上隆起一个个肿块
山头荒芜变得光秃秃

癌的泥石流扩散奔突
破坏的力量拉朽摧枯
上苍，请赐我健康福禄

第三声的音调难以抬高
弃置的箭身形矮小
卑微女奴手持枯萎禾稻
压抑的高度摧眉折腰
是身量的短小蜷缩
是地位的委曲卑微
是等级的匍匐低下
是长期俯拍的机位
上苍，请赐我人格的高贵

第四声是一个顽固的发音
膨胀的毒悍然入侵
一把锋利的艾字（滋）剪刀
将枯瘦的小草肆意割削
烈火在草上蔓延开去
病毒像嗯哨在风中传递
免疫力遭遇致命的攻击
黑暗笼罩荒凉的大地
上苍，请赐我抵抗的能力

愿第一声拼出来是"挨"

彼此如此靠近不曾分开

愿第二声拼出来是"皑"
绽放的瑞雪纷纷飘下来

愿第三声拼出来是"蔼"
繁茂的果实和乐地摘采

愿第四声拼出来是"爱"
心底的暖意融化世界

家国天下

母亲的记忆比头发还白
有一种症候叫老年痴呆
行动在一些小圈子打转
说话在几个句子间徘徊

姐姐的身体里疾病在疯长
断裂的声音在体内轰响
什么样的饮食能让她开胃
什么样的力量能阻止她破碎

妹夫的体质长期被油漆腐蚀
即使如此难找到粉刷的活儿
木工外甥在街头坐等
生意像他的刀锯一样冰冷

在广州外贸小厂打工的堂弟

更是被订单订购了愁绪
在温州发廊按摩的邻村小妹
门前冷落手指沾染了灰

那些水域面积的增扩
是老乡眼中的收成范围紧缩
棉花和稻子固然已经溺水
道路和房屋也在水中哆嗦

而疫情仍然在扩大它的地盘
它像是得到了魔鬼的签证
依然在世界多处肆意旅行
怎样的手能彻底阻断它的行程

风云盘踞在世界的头顶
像港片里延时拍摄的变幻的云
希望切换到阳光普照的镜头
枪战戏之后是鸽群的上升

空房间

空空荡荡
用什么来填装
愈空旷愈恐慌
愈充满愈荒凉

晃晃悠悠
怎样走才不跌跌撞撞
静默时大雨如注
呼喊时天地苍茫

注：小说《空房间》里的诗

月光宝盒

老天像磁石将雨水吸回
洪水潮汐样退去
街道礁石般露出
上苍保佑暴雨
顺利通过大地

公交不拐出蹊跷的曲线
沿着明白的直线行驶
三十多个人转乘另一趟车
司机开车前不曾喝下
人生的苦汁

小学生没有跃出伤心的弧线
她退到栏杆的另一边
作业本上不出现
灼人的批语

她的表达可以随心所欲

眼科医生微笑着醒来
笑容在他的脸上漾开
他行走如云谈笑自若
他发出的信息
像风一样传递

简单故事

寂寞的空山里
你守着一堆堆坟头
扑克牌和那些信它们守着你
故事就这么简单

风打那边吹来
扑克牌和那些信它们飘啊
它们就飘
很简单的故事吧

风打那边吹来
你说
如果你们一定要飘的话
那就飘吧
瞧这故事简单不

颠　簸

雨一直下
土壤总是潮湿的
积聚的山洪
总是蓄势待发

洪水漫灌
一只飘摇的小船
在浪尖上颠簸
时时被打翻

幽暗的下水道
是堵还是导
伸进一道光
将所有暗黑照亮

风景录：月亮

现代风景素描

太阳
叫哪个球星踢了一脚
黄昏那边的守门员水平不高

月亮
从高楼的天线上抽出
被扯得瘦长

晨雾
浮起街灯和喇叭的嗓音
澡堂里的风景

晚霞
彩色宽银幕
拥有偌大露天剧场的观众

月亮 1

允许我单纯描绘月亮

允许我单纯描述一个

与月亮有关的节日

不必有过多的能指负荷

不必宏大叙事

月亮比圆还圆

允许我在圆月的清辉之下

只是想念同一轮明月下

家乡的小河和村路

走在村路上的家人

以及月光在上面扫过

却无法照耀到的

埋在地下的亲人

也允许我可以不想

可以在明月升起时
在月圆的节日
不必想念家乡
允许我把更适合生长的他乡
当作故乡

允许我单纯地品茗赏月
沐浴月的清辉
随兴地浅斟低唱
而不必汇入大的合唱

月亮 2

中秋的月亮界面高清
嫦娥的美如此清晰
嫦娥的寂寞如此清晰
如此逼真
寂寞盘进她的长发里
堆积在云鬓
散在她半卷半舒的长袖上
和且扬且抑的舞中

中秋的月亮界面高清
吴刚的叹息如此清晰
他的叹息一如哈气
哈着满手的老茧
和仿佛成为身体的
一部分的斧子
徒劳地砍伐着桂花树

重复着希绪弗斯的命运
一如我徒劳地码着汉字

天空是巨大的显示屏
变幻着各种桌面壁纸
瑰丽而高清
喷薄的朝霞燃烧的落日
短暂而夺目的闪电和彩虹
抽象画的水墨画的云
浅笑的月牙
满腹心事的月轮

漫天的闪烁的群星
是谁输进去的浩瀚的字
保存在永不消逝的文档
供万世读赏

中秋的月亮界面高清
没有嫦娥没有玉兔
没有飘香的砍不尽的桂花树
广寒宫的寒意握满手心

月亮上其实一无所有
冷冷清清
没有庄稼没有花卉

为何给天下人安慰

从古到今

剪辑：黄昏

黑云锁日

泥泞封路

山隆成地平线的坟冢

水洼是大地肿泡的眼睛

树做着伸抓状，攫取而且撕裂

失血的光线

变馊的空气

星星被隔离的季节

影子也不肯相伴

空镜头

当我转过身来
只见到一个空镜头
仰拍
白纸的天空
俯拍
遥远的地平线

月色流水

你想彻底地失眠么
那么请跟我来
电灯点不着一根烟的主题
窗子定格不了星天的画面
到这流水的月色里来
咱们同月亮一起散步
路的尽头
是镀金的朝阳

冬天的白地毯

真的
你只要一硬劲坐起来
那柔情的被窝就留不住你了

走出这冷屋子
用体温去暖和风霜
就让它冷个痛快

枫叶描绘了深秋的颜色
老天又为我们
把白地毯铺开

远山的呼唤

走出平原
走出用乡情圈成的篱笆
也走出这文明的喧哗
还要走出那淹得死人的眼睛
我寻找一片属于我的蓝天

一片野味十足的蓝天
一片叫山尖划破脸的蓝天
一片从蓝天里流出的清泉

就让天真把我们流放到山野
让我们把缪斯流放到边僻

把故乡作为一个旅店
去交付游子赊欠的感情

红　叶

幸运的一山红叶
没有大街上西风和扫帚卷去的不幸
大大咧咧地跟我躺在一起

本来
一走进这山的胴体
世界就被隔离

尽可以把一身发酥的肉
散漫地晾在叶堆上
真想吻你
冬天的太阳

尽可以把落叶卷成喇叭
吹醒一山的幽灵
把草根做成芦笛

摘一朵野菊花当校徽别上

"方便"真正成了方便
不必担心"客满"
不必憋着一股子难受沿街乱窜
只须稍稍背过身去
老吴说终究有些不雅观

后来我说
老吴你埋吧
用这满山的叶子把我埋住
老吴他照办了
于是山上拱起一座新坟

但再后来
我们还是走向山外

烟　霭

我们迷失了来时的路
只依稀记得
那路上有太多的周折

索性就迷茫在山里吧
老吴说
说着说着他点着了草
野风里便升起一股烤红薯的香味

于是背抵着背
有声有色地品评着
又用这背去抵那墓碑

看烟霭涂抹蓝天
看深林吞吐鸟音

把个破嗓子随便地放逐
又试着把它找回

看晚风包抄原野
看远山收藏落日

这时我又想起我们迷失来时的路了
只依稀记得
那路上有太多的周折

S I

SHENG

大拼盘：自画

秦　腔

那是先民穿越时间隧道的回声么
没有遮拦的嘶喊刺向遥远的深空
那是城墙脚下伸出的手臂
撕扯铺天盖地的西北风
是秦俑里低回的数千年的哭嚎
是汉时关飘来的荒原里的悲声
是老鸦带泪的嗓音
浸破滴血的黄昏
那嘶哑苍凉的老生的唱啊
是决堤的洪峰漫过
是残破的沉钟荡过
是冷风挟裹的狼的长啸
在人心的旷野掠过

清　明

这一天礼拜日而且清明
这一天山上走失了安宁
这一天细雨搞得什么都若有若无
这一天大人孩子齐去叩祖宗的墓门
这一天墓碑上抽出花苞

这一天我到 Y 湖上垂钓
把自己墓碑般安插在
湖岸一座孤坟上

调　动

调动一切感官
以及
一切器官
调动身体也调动
灵魂

手想牵你
胳膊想抱你
嘴想吻你
瞳孔
想摄下你

鼻翼捕捉发香
耳朵聆听呼吸

像弹奏一架优雅的钢琴

身体的旋律便动了起来
像是在绘满美丽山河的
地图上
留下一个个
印章

云层包裹云层
波浪推动波浪

水波之下
月亮之上

回　到

让词语回到词语
不用乔装打扮
扭捏作态

让诗歌回到诗歌
意象茂盛诗情发达
撑起诗学大厦

让孩子回到孩子
不在稚气的脸上
显露沧桑

租房记

我们想自己临时拥有一个屋子
按照我们的意愿将它布置
空间不必太大
能够为彼此举办小小的生日晚会
墙壁不心太新
我们贴上青春一点的偶像比如杨林
地板不必太亮
可以裸足踩在上面

挂一把吉它，哪怕有附庸风雅之嫌
养一小盆花，一副很有情趣的样子
划燃蜂窝煤炉
芳香裹着油味弥漫

我们在都市的村庄里往返
敲开每一扇居家的门

我们在大小胡同里穿行

跟每一种房东讨价还价

每每有看家狗凶恶地扑来

你责怪它粗鲁无礼，我欣赏它忠于职守

每每有小猫在院子里慵懒地睡觉

每每有诸多陌生的面孔

闪现出熟悉的笑容

记一个梦

不可说
说出来便是祸
你高高扬起的下巴
岩石一样碾压我

说什么
说什么都是我错
你那粉红色的眼
死死地盯着我

怎么说
还真不知怎么说
你张开五只红手指
硬硬地戳痛我

何时说

何时都不可说
你狼一样的战姿
生生地堵住我

为何说
"为何一定要说"
你猫一样的粉爪
牢牢地钳住我

那不说
"不说也不可"
梦里你拎住我耳朵：
"我教你怎样说"

站　台

在镜子里把自己认熟，然后跨出门坎
路便逼到脚下
远方闪着炫目的诱惑，眼睛在前边带路
别掉转头。身后的脚印就交给风去处理
别跟在他人后头。既然每个人都拥有影子
别蹲在路口。哪怕所有的红灯都因你而亮
自己给自己开绿灯
别停下追求的步子
幸福在脚步迈开之后

走得很长很远了，很远很倦了
渴望一座座加油站
渴望有一朵在雨中同行的伞
渴望挽起温暖的臂弯
渴望在车厢哪怕是末班车中找到你的位置

有一天来到这样一个小站
一等就是三年
有时你甚至不明白究竟等什么
有时你把双眼望穿
有时你一个疏忽放走一趟车，等下一趟的到来
又要好长好长
有时你抱怨乘客太多而车票太少

蹭掉脚上拖的、带跟的，换上运动的
攥一张地图
带上门你就远行
有一天你想起在某个时候某个站口

注：为南岳中学《南岳山》文学社团作序

自　画

石子投湖
不曾荡起涟漪
悄然沉下去
也是一种力

山间响铃
没有激起回声
对天喊一嗓子
给寂寞一点反应

默然耕耘
长势并不喜人
独坐田头
眺望一片小收成